보름달 편지

편지

백민주
청소년
시 집

환하게 빛나는 동그라미 하나

워낭소리 울리는 시골 마을에서 나고 자라 그곳에서 고등학교를 졸업하고 태어나 처음으로 광역시에 위치한 대학교로 진학을 했지요.

어느 가을, 시골에서 출발한 버스는 작은 중소도시를 지나 마침내 자동차 쌩쌩 달리는 광역시에 도착했습니다. 그 버스 안에서 참 많은 것을 보았어요.

시골에서 출발할 때 그 버스에는 아마도 안동장에 물건을 팔러 가시는 듯 큰 보따리들을 이고 든 두 할머니가 타셨지요.

제 뒷자리에 앉은 두 할머니는 나누는 말씀이 모두 한 편의 시인 듯했어요.

마침 가을이라 시골 산에 단풍이 고왔는데 한 할머니가 말씀하셨어요.

"단풍도, 단풍도 어째 저래 고울꼬? 나무는 늙으면 저래 고운데 사람은 늙으면 왜 이 모양일꼬?"

말씀이 너무 아름다워서 살짝 뒤를 돌아보았지요.

할머니는 단풍만큼 고왔습니다.

시인을 꿈꾸었던 그때 생각했어요. 오늘 본 저 아름다운 이야기를 꼭 시로 써보리라.

그 시가 바로 첫 번째 시집 『달 도둑놈』(2016, 소금북)에 실린 「자라는 중」입니다.

버스 창에
입김을 호호 불고
가만히 내다보던
옆자리 할머니

나무가 늙으면
저리 고운데
사람이 늙으면
우째 이래 쪼그랑 할매가 되뿔꼬?

여기저기
웃음소리에
내 웃음도 더해진다.

큭큭 큭!

할머니!
그게 아니에요.

나무도 할머니도
무럭무럭
자라고 있는 중이에요.

이렇게 말해드릴 걸…

　　　　　　　　　　　 – 「자라는 중」 전문

소녀는 자라 시인이 되었습니다.
누구나 읽기 쉬운 시를 쓰기로 했습니다.
이번이 벌써 세 번째 시집입니다.
　이번 시집은 감사하게도 ‘2018년 지역우수출판콘텐츠 제작지원사
업’에 선정되어 나랏돈으로 내는 시집입니다. 이 빚을 어떻게 다 갚을
지 눈앞이 캄캄합니다.

　아이들이 마음이 아파서 우는 세상이 가장 두렵습니다.
　아픈 아이들이 상심한 마음으로 하늘을 올려다 볼 때 보름달이 보낸
편지를 이해할 수 있다면 얼마나 좋을까요?

환하게 빛나는 동그라미 하나.

네가 옳아.

모든 게 다 좋아.

지금은 아니더라도 앞으로 좋아질 거야.

보름달이 보낸 편지가 아이들의 눈물을 멎게 한다면 얼마나 좋을까요?

그렇게나마 이 큰 빚이 조금 갚아진다면 얼마나 좋을까요?

젊은 날 시골 버스 안에서 할머니들을 보며 몸이 늙는 것이 마음까지 늙는 것은 아니라는 것을 알았습니다.

시집을 옆구리에 끼고 다니며 시인을 꿈꾸었던 소녀도 어느덧 중년의 어머니가 되었습니다.

그 할머니만큼 아름다운 단풍으로 물들기에는 아직 어림도 없지만 아름다운 시를 읽으며 이렇게 자라다 보면 향긋한 낙엽이라도 되지 않을까요?

제1부 보름달 편지

제2부 민지가 온 날

제 1 부 보름달 편지

보름달 편지

너희 나라에서는
이렇게 깜깜한 밤이면
무서워서 어떻게 지내니?

밤하늘에
물음표 하나 던져 놓았다.

보름 만에 답장이 왔다.

무섭지 않아.
잘 지내고 있어.

동그라미 하나로
답장이 왔다.

할머니처럼 공부하자

여든 살에
초등학생이 된 할머니

집에 가서
ㄱ을 100번 써오세요.

밭에서 일하다가 호미로 ㄱ을 쓰고
나무를 베다가 낫으로 ㄱ을 쓰고

굽은 손가락으로
기어이 ㄱ을 100번 쓰고

숙제 공책
당당히
옆구리에 끼고
학교 가는 길
숙제 잊어버리실까봐

몸으로

ㄱ을 쓰며 가신다.

멍멍멍

오빠는 또 강아지보고
똥개란다.

신발에 오줌 쌌다고
책가방 물어뜯었다고

오빠에게만 그러는 것도 아닌데
강아지니까 그런 건데

그것도 못 참고
또
머리를 콕콕 쥐어박는다.

엉?
강아지도 오늘은 못 참겠단다.

나 멍들었다고
이 멍 어떡할 거야?

멍
멍멍
멍멍멍!

일하는 DNA

할머니네 동네에 다큐멘터리 촬영 팀이 왔다.

처음 보는 카메라와 마이크가 어색해서
다들 뒤로 숨기만 하는데
용기 있는 희야 할머니 먼저 나섰다.

내 이 동네 시집 와서 비가 오나 눈이 오나
밭에 나가 일하느라고
옷이 젖는 지, 마르는 지도 몰랐는데
오늘 처음으로 이쁜 옷 입고 호강하누만.

할머니!
촬영 끝나면 뭐 하실 거예요?

뭐 해?
밭에 나가 일해야지.
그날 촬영은 밤늦도록 이어졌다.

귓속말

한 쪽 귀로 듣고 한 쪽 귀로 흘려버리면 어쩌냐고
엄마께 늘 잔소리를 듣던 아빠가
아파서 누워 계신다.

퇴근할 때 아이스크림을 사 오겠다는 약속
여름 방학 때 바다에 가겠다는 약속

늘 한 쪽 귀로 흘려버리던 아빠가
이번에는 흘려버리지 않게

한 쪽 귀를 꼭 막고
한 쪽 귀에 귓속말 넣어 드렸다.

– 아빠, 아프지 마세요.
– 사랑하는 아빠, 어서 일어나세요.

풍경 1

절 집 지붕 귀퉁이에 물고기 한 마리
자지도 먹지도 않습니다.

솔바람은 태어나
물고기를 처음 봤습니다.

같이 놀자고 손이라도 잡으려 하면
뎅!
뎅!
뎅!
저리 가라 합니다.

풍경 2

쇠 종 안에 갇힌 물고기

헤엄치는 법은
잊어버렸지만

노래하는 법을
배웠다.

사촌이 땅을 사면

속담 문제 내볼게.
사촌이 땅을 사면 어디가 아파?

몰라.

속담 몰라?
사촌이 넓은 땅을 사서
커다란 골프장을 지어서
사람들이 많이 오고
돈을 많이 벌면
어디가 아프겠어?

지구가 아파.

말발굽 협곡 *

얼마나 먼 데서 오는 길인지
말 한 마리

먼 나라 미국
애리조나주 호스슈벤트 협곡에
말발굽 한 쪽 들여 놓았다.

7000만 년 전
콜로라도 강 한 가운데 발 한 쪽 들여놓고

나머지 한 쪽 발은
아직이다.

*미국 Arizona 주 Page에 있는 Horseshoe bend의 협곡은 말발굽 한 쪽의
모양을 닮아 말발굽 협곡이라고 불린다.

이 심은 데 이 나고

뻐꾸기 우는 날
할머니와 함께

어금니 닮은
옥수수 심었다.

어금니 하나 자라
가지런한 고운 이
한가득 달고 나왔다.

할머니의
하나 남은 어금니
그만 빠져버렸다.

양지바르고 깨끗한 밭에
심어야겠다.

짓는다

아빠는 글 짓고
엄마는 밥 짓는다.

김이 오르는 하얀 쌀밥에
잘 구운 고등어
정갈한 나물 반찬
구수한 된장국이 식탁에서 끓었다.

돈도 안 되는 시 나부랭이나 짓는 나보다
식구들 살찌우는 당신이 낫소.
아빠가 말했다.

먹고 살만 찌우는 밥보다
마음을 살찌우는 당신 시가 낫지요.
엄마가 답했다.

나무를 읽자

너무 더워 도서관에 갔다.
수많은 나무들이 옆으로 줄 맞춰
납작납작 꽂혀 있었다.

잎이 유난히 파랗고
맛있는 열매도 달려 있을 것 같은
나무 한 그루 골랐다.

꽃향기를 품은 나뭇잎도 있었고
시원한 바람을 일으키는 나뭇잎도 있었다.

한 장
한 장
천천히
넘겼다.

다 읽은 나무 한 그루
마음속에 꼭꼭
심어 놓았다.

한 개미가 다른 개미를

벽지 위에 개미 한 마리
길을
잃었다.

횡단보도도
신호등도 없는
그 넓은 벽지가 다 길인데

바보처럼
길을
잃었다.

그때 작은 개미 나타나
길 잃은 개미 데려갔다.

길 잃은 개미가 더 큰데도
아픈 우리 언니처럼

작은 개미가 조심히 데려갔다.

언니를 사랑하는 나처럼

슬로우 TV

기차가 7시간을 달리고
아주머니가 8시간을 뜨개질 한다.
12시간 동안 장작이 타고
하루 동안 비가 내린다.

멋진 배우도
화려한 조명도 없다.
자막도 내레이션도 없는
그 프로그램을
세상 사람 20프로가 보았다.

왜 그런지 나는 안다.

며칠 전 태어난 동생이
15시간 동안 잠만 자는 것을
하루 종일 지켜보았다.

지겹지 않았다.

제 2 부 민지가 온 날

8월 8일

8.8

쌍둥이 눈사람이 서 있는 날인데

너무 덥다.

눈사람 다 녹겠네.

8월 18일

818

쌍둥이 눈사람 다투었나 보다.
가운데 벽을 쌓고
서로 말도 않고
토라져 있다.

어디 그래 봐라.
하루만 지나면 못 참고
담 너머 기웃거릴 거면서

819

할머니 반지

고구마 싹 심을 때
잃어버린 할머니 반지

고구마 캐는 날
고구마가 뿌리에 반지 끼고 나왔다.

할머니가 고구마에게 프로포즈 받았다고 놀렸다.

아이다.
내가 반지 줬더니
고구마가 싫다고 돌려준 기다.
우리 안 사귄다.

피서

뙤약볕 아래서 풀 메고 물 주느라
얼굴이며 목이며 까맣게 탄 엄마

장에서 만난 어떤 사람이
–피서 갔다 오셨나 봐요
한다.

엄마는
–예
한다.

드라마 세트장에서

인자한 부모님
사랑했던 가족들
아무도 없다.

드라마는 끝났고
배우들은 돌아갔다.

대리석 모양의 스티로폼 벽은
패이고 부서졌다.

할머니 오신 날만
드라마 세트장이 되는 우리 집

할머니가 돌아가시면
드라마는 끝나고

내 마음은

스티로폼 벽처럼 부서진다.

가족 여행

방학이지만
대한민국의 고3에게 방학은 없다.

33명 중에 32명은 오늘도 보충수업을 들으러 학교에
왔고
민진이는 가족여행을 갔다.

선생님은
고3이 무슨 가족여행이냐고 하셨다.

고3도 소중한 가족인데

도장을 찍는다는 것

수업시간에 선생님 몰래
지우개로 도장을 팠다.

이제 우리도 어른이라는 의미로
당당한 계약의 주체가 되었다는 의미로

선생님 사랑해요.
앞으로는 공부 열심히 하고
친구들과 사이좋게 지내고
나쁜 말 쓰지 않을 게요.

쓰고
도장을 찍었다.

꼭
지켜야한다.

꿈을 바꾸는 종이 한 장

전국의 모든 고등학생이
같은 시험지로 시험을 친다.

다른 꿈을 꾸는 아이들이
같은 시험지로 시험을 친다.

수학을 망친 아이는
화가가 될 수 없고

뮤지션이 되고 싶은 아이는
음악 시험을 치지 않는다.

전국의 모든 고등학생들이
1등부터 꼴등까지 성적표를 받아든다.

그 종이 하나가
아이들의 꿈을 바꾼다.

국어 영역 시험인데

심장의 구조화 혈액의 순환 과정
그림을 통해 혈액의 흐름을 파악해야 한다.

우심실 벽과 좌심실 벽 중 무엇이 두꺼운 지
혈액이 어떤 방향으로 흐르는 지
알아내야 한다.

1교시
국어영역 시험지에서

연리지 *

손 한 번 잡는데
100년이 걸렸단다.

죽기 전에는
저 손 놓을 수 없단다.

*한 나무와 다른 나무의 가지가 서로 붙어서 나뭇결이 하나로 이어진 것

OMR 카드

OMR 카드에는
동그라미뿐이다.

수험번호도 이름도
조각조각 쪼개어

컴퓨터용 수성 싸인펜으로
까맣게 색칠한다.

다 해놓고 보면
까만 눈물이 뚝뚝 떨어지는 것 같다.

시험 시작하기도 전에
벌써부터 눈물바람이다.

민지가 온 날

운동장에 나갔다가 돌아오니
벗어 놓은 옷과
가방, 사물함 마구 열려 있다.

새로 산 핸드폰이 없어진 친구
지갑 안에 있던 학원비가 사라진 친구

도둑이 들었다고 갑자기 난리 난 교실

장기 결석 했다가
오랜만에 민지가 학교에 나온 날

몸이 아파 체육시간에 운동장에도 못 나왔던 민지가
난리 난 교실에서 고개를 푹 숙이고 있다.

오랜만에 민지가 온 날
하필 이런 일이 생겨

민지에게 미안했다.

내일부터 민지가 또 학교에 안 나올까 봐
긱정이 되었다.

시집 도둑

시집을 사려고 모았던 돈

체육시간 마치고 오니 누가 훔쳐갔다.

내 돈 가져간 친구야

그 돈으로
꼭
내가 사려던 시집 사서 읽기 바란다.

제 3 부 마음은 100점

명태 알에게

명태 국을 먹다가 알을 발견했다.

명태야, 미안
너희 아기들이 들어 있는 줄은 몰랐어.

나도 미안.
나도 미안.

장난스럽게 한 마디씩 하고서
다시 국을 뜨는데

눈물이 울컥 했다.

첨단 비밀번호

얼굴 인식 비밀번호 장치가 개발되었단다.

쳇!

우리 집은 벌써 10년 전부터 얼굴 인식 비밀번호를 사용
하고 있었는데

엄마, 저 도서관에서 공부하다가 늦게 갈게요.

책장 앞에 서서 사진 찍어 보내.

나비 책

4교시 독서 시간
책 읽기 싫은 아이들
도서관에 모였다.

하얀 것은 종이요.
검은 것은 글자로다.
하는데

나비 한 마리 들어왔다.
두 장짜리 날아다니는 책
주변에 모두 모였다.

읽어봐
읽어봐
두 장 뿐이니 금방 읽을 수 있지?

어때?

어때?

책 읽기 재미있지?

그럼 이제

진짜 책 한 권씩 뽑아봐!

여름이라면

이번 여름은 덥지 않았다.
뙤약볕도
태풍도
폭풍우도 없었다.

수박 밭에서 일하시는 엄마가
덥지 않고
춥지 않아서
참 좋았다.

수박 따는 날

빨갛고 달콤하게 잘 익은 수박이
한 통도 없었다.

엄마도 운다

엄마가 울었다.
오늘 또 울었다.

오토바이를 타고
바람을 맞으며 달렸다.

달려오던 트럭에 치여
갈비뼈가 부러졌다.

병원 침대 옆에서
엄마가 울었다.

엄마께 아무것도
해준 것도 없으면서

엄마를 울렸다.
오늘 또 울렸다.

소원

아빠 생신 선물로 소원 하나 들어드릴게요.
말씀해 보세요.

집에 돌아왔을 때
가족들이 서로 웃으며 맞아주고
오늘 있었던 일을 서로 이야기하고 들어주고
밥을 함께 먹었으면 좋겠어.

그게 소원이에요?
그럼 그냥 지금처럼 하면 되네요.

마음은 100점

아프리카로 보낼 작아진 운동화 깨끗이 빨아
50점짜리 시험지 구겨서 넣었다.

쓰레기는 왜 넣니?

쓰레기 아니에요.
새 신발 사면 종이뭉치 들어 있잖아요.
새 신발은 아니지만 새 신발 기분 느껴보라구요.

그런데 왜 시험지를 넣니?

이 신발 주인은 어떤 공부 하는지 알려주려구요.

그런데 왜 50점짜리를 넣니?

이게 제일 잘 한 거라서요.

50점은

언니는 또 100점이다.

할머니는 안아주셨고
아빠는 용돈을 주셨고
엄마는 활짝 웃어주셨다.

나는 50점이다.

할머니는 위로 하셨고
아빠는 외면 하셨고
엄마는 혼을 내셨다.

50점은 의미 없나?
내가 아는 게 절반이나 되는데.

손님은 왕일까?

낡은 기와 눌러 쓴
시골 식당에 들어갔다.

먼지가 소복하게 쌓인 의자에 앉으려는데
자다가 깼는지
머리를 매만지며 할머니 나온다.

앉지 마셔.

왜요? 장사 안 해요?

걸레질 하고 앉으라고.

걸레질 해주시길 기다리고 있는데

뭐해? 걸레질 안 하고.

손에서 나온 말

지하철 의자에 나란히 앉은 부부

입을 닫고
귀를 닫고
손과 눈을 열었다.

손에서 나온 말은 허공을 날아
따스한 눈으로 들어갔다.

그 말에 가시는 없었고
그 말에 송곳은 없었다.

시험이야 어찌되든

기말고사 시험 전날
민정이네 집에 모였다.

우리 오늘 밤새 공부하는 거다.
좋아, 내일 시험 올백 받기다.
당연하지.

공부하기 전에 샌드위치 먹고 할까?
좋아.

너희들과 함께 만들어 먹으니 너무 맛있다.
나도 그래. 너희들과 먹으니 더 맛있어.
나도 나도. 아! 맛있다.

난 공부 안 할래.
이렇게 좋은 기분을 망칠 것 같아.

우리도 그래.

우리 그냥 누워서 손잡고 자자.

시험이야 어찌 되든.

은행나무의 소망

파란 하늘

바다 같다.

헤엄쳐 가고 싶다.

수만 개의 오리발

노란 오리발

부지런히 움직여본다.

앞치마의 주인

아빠 생신 선물로 앞치마 사드렸다.

–아빠는 앞치마 필요 없는데.
엄마 선불 잘 못 준 거 아니야?

아니요. 아빠 선물 맞아요.
 집에 오시면 편하게 앞치마 걸치고 소파에 누워 텔레비
전 보세요.
 그러다가 심심하시면 부엌에도 가 봐요.
 목마르시면 '여보 물' 하지 말고 냉장고를 열어봐요.
 출출하시면 '여보 과일' 하지 말고 수박을 꺼내 잘라 봐
요.

 다 드시고 심심하면
 빈 접시 한번 닦아 봐요.

앞치마 입으시니 정말 편하고 좋죠?

나무의 마음

소나무 위에
다람쥐 한 마리

귀엽다.
잡아야겠다.

나뭇가지에 돌멩이를 끼워
활시위를 당기듯 힘을 주는데

뚝!
부러진다.

다람쥐를 맞히느니
내 팔 하나를 떼어내지
하는 것 같았다.

제 4 부 돼지주둥이를 가진 물고기

다 듣는 혼잣말

2016년 브라질 리우
펜싱 경기장

한 청년이
온 세상이 다 들도록
혼잣말 되뇐다.

할 수 있다.
할 수 있다.

작은 나라에서 온
청년의 검은
번개보다 빨랐고

청년의 목에는
금메달이 걸렸다.

청년의 혼잣말
온 세상이
다 들었다.

돼지주둥이를 가진 물고기

꿈의 섬
하와이
바다 깊은 곳에는

후우후우 누쿠누쿠 아푸아아
세상에서 가장 긴 이름 가진 물고기 산다.

돼지 입을 닮은 물고기는
겁이 많아 암초 밑에 숨어 운단다.
소심해서 소리 없이 혼자 운단다.

혼자 우는 그 소리
누가 들어봤는지는 모르겠지만

꿀꿀꿀꿀 우는 건
절대로 아니란다.

누구세요?

오랜만에 만난 할머니께 내가 그랬단다.

누구세요?

온 가족이 웃었고

할머니와 나는 친구가 되었다.

할머니가 나에게 물으신다.

누구시오?

할머니가 나와 더 친한 친구가 되고 싶으신가 보다.

도둑눈 *

창문을 여니
밤새 내린 도둑눈 매달려 있었다.

무서웠지만
조용히 타일렀다.

세상에 처음 내려오는데 벌써 도둑놈이 되면 쓰겠니?
마음 고쳐먹고 착하게 살아라.

함박웃음 지으며 내려간다.

세상에 함박눈 내린다.

*밤사이에 사람들 모르게 내린 눈

바위 굴리기

마당에 자리한 큰 바위 하나
번쩍 들어서 치워버리면 편하겠지만
조금씩 굴려서
드디어 치웠다.

민지랑 싸운 후 가슴 속에 큰 바위 하나
화가 풀리면 번쩍 들어서 치우려고 했는데
민지가 먼저
조금씩 굴리고 있었다.

연필 한 자루

이 연필이 다 닳을 때까지 수학 문제 풀 거야.

하루 종일
풀고
지우고

연필이 얼마나 닳았나 세워도 보고 눕혀도 보고

가만히 내려다보니
연필 끝엔
◉
점 하나 뿐이다.

점 하나를 이기려고
그랬던 거다.

하루 종일
풀고
지우고

지우고
풀고

주문을 외어 보자

할머니가 앉았다가 일어설 때는
항상 주문을 왼다.

에구구구구구

그 주문을 외기만 하면
이상하게도 펴질 것 같지 않던 무릎이 쭈욱 펴지며
자리에서 벌떡 일어나신다.

우리는 할머니가 일어나실 때
다 같이 주문을 외어 드렸다.

에구구구구구

깨진 항아리를 보며

초가지붕 내려앉은 텅 빈 시골 집

서울로 갔을 것이다.

지붕 내려앉은 집 안방에는

식구들 덮고 자던 이불 그대로

마당에는 온 식구 먹여 살렸을 깨진 항아리 두 개

서울 어느 작은 방에서라도

따스운 이불 덮고

된장국 사이하고

둘러앉았기를

바다의 속마음

말 한번 붙이기 어렵게
서슬 퍼런 저 바다

가까이 오지 마.
밀어내고
밀어내고
거품 가득 물고 밀어내더니

오래 기다려 주고
오래 바라봐 준
해님에게

저렇게 하얀 소금 꺼내 보인다.
하얀 마음 저리 가득 품고 있었으면서

괜히 차가운 척
괜히 까칠한 척

키우는 재미

할머니가 우리 엄마께 자주 하시던 말씀이다.

자식은 효도 받을라꼬 키우는 거 아이다.
자식은 키우는 재미다.
너무 머라카지 마라.

나도 이제 그 말뜻을 알게 됐다.
자식은 아니지만 동생이 생겼기 때문이다.

동생에게 내 용돈으로 장난감 사주고
기저귀도 갈아주고
업어주기도 하는 것은
효도 받으려는 것이 아니다.

이게 바로 키우는 재미라는 건가보다.

펑펑 우는 시화전

나는 고생하며 살았지만
너거들은 고생하지 말고
재미나게 살아라.

배우고 싶은 거 다 배우고
가보고 싶은 데 다 가보고
사이좋게 살아라.

할머니가 쓴 시를 보고
아빠가 펑펑 운다.

아빠가 펑펑 우는 것 보고
할머니가 숨어서 운다.

이렇게 슬픈 시화전은 처음이라서
나도 펑펑 운다.

얼굴

물 컵이 소리 내며 놓였다.
몇 방울 물이 얼굴에 튀어도
미안해요 한마디 들려오지 않았다.

학생, 힘들제?
젊을 때 이리 열심히 살믄
나중에 몬할 일이 머가 있겠노?

할머니의 따뜻한 말 한 마디에
언니 얼굴에 숨어있던 미소가 돌아왔다.

야, 물 가져와!
이거 닦아.

차가운 한 마디가 얼어붙게 했던
언니의 얼굴

밥값은 밥값일 뿐

삼촌은 왜 할머니 집에 얹혀살까?
할머니께 저렇게 구박을 당하면서도

삼촌이 수건 좀 달라고 하면
세수하고 여자 친구 만나러 갈 것도 아니면서
세수는 뭐하러 하느냐고

국이 시원하니 좀 더 달라고 하면
얼른 장가가서 아내한테 더 달래라고

삼촌도 오늘은 참지 않으려나 보다.
– 엄마. 정말 이러실래요?
  저도 밥값은 내잖아요.

오!
삼촌 박력 있는데

그래봐야 오늘도 역시 할머니의 승리다.

–밥값만 냈지

국 값은 안 냈잖니?

거지별

사람도 해님도
바쁜 하루 보내고
온 식구 모여 앉아
밥 먹으려 할 때쯤이면

서쪽 하늘에선 꼭
거지별이
뜨곤 했다고

이름은 모르지만
밥 먹을 때마다 기웃거리니
거지별이라 불렀다고

거지별이 내려다보는
밥상에는
거지에게 나눠줄 것도 없는
꽁보리밥뿐이었다고

제 5 부 사랑을 연필로 써야하는 이유

해와 달

서쪽산 뒤로 해가 지면
달이 나온다.

세상에 태어나
한 번도 만나본 적 없는 사이

사춘기 언니
아빠가 나오시면 방으로 들어가고
아빠가 들어가시면 거실로 나온다.

해와
달처럼
세상에 없어선 안 될 사람들인데

붕어빵 모자 母子

집으로 가는 길에
낯선 할머니가 불렀다.

학생.
이 돈으로 저 붕어빵 좀 사 먹어 줄래?

왜요?

저 총각이 내 아들인데
취직 시험에 실패하고 붕어빵 장사를 시작했는데
주눅이 들어 잘 못 파는 것 같아서

붕어빵은
싱싱했고
따뜻했다.

하늘이 도왔어

할머니 친구 순자 할머니
교통사고로 입원 하셨다.

다리뼈가 으스러져 산산조각이 났다는데
노인이라 깨끗하게 잘 붙지도 않는다는데
어쩌면 다리를 절게 될 수도 있다는데

이 사람아
하늘이 도왔어.
그만하길 얼매나 다행인가?

깜짝 놀랐다.
다행이라니

고맙네, 이 사람아
자네도 차 조심 하게.
병원에 있어 보니 사람이 할 짓이 아이구마.

순자 할머니의 너그러운 마음씨에
더 놀랐다.
고맙다니

사랑을 연필로 써야하는 이유

80년대 수퍼스타 전영록이 말했다는
사랑을 연필로 써야 하는 이유는 틀렸다.

연필의 주재료인 흑연은
잉크보다 접착력이 강해 더 오래 남는단다.

사랑을 연필로 써야하는 이유는
잘 지우기 위해서가 아니라
오래 남기기 위해서다.

민지에게 연필로 편지를 쓴다.

중력을 거부하며

지구야!

놓아줘.

저 우주에 가보고 싶은데

쓸데없이

쓸데없이 용감한 재석이

쓸데없이 용감하게 태양과 눈싸움을 해 보겠단다.

쓸데없이 오랫동안 버틴다 버틴다 버티..인..다
싶더니

졌나보다

저 태양은 아직 눈이 이글이글 타오르는데

재석이는 얼굴까지 시뻘겋다.

그래도 쓸 데 있는 재석이.

덕분에 오늘도 우리는 즐거웠다.

거지 형

편의점에서 나오는 길에
거지 형을 만났다.

우리 형과 비슷한 또래일 청년이
까만 손으로 우유와 빵을 샀다.

무슨 일일까?
우리 형처럼 멋 내고 여자 친구 만나러 다닐 나이에
무슨 사연일까?

지독한 냄새를 피해 나오다
돌아보니
우리 형만한 그 청년

어떤 할머니께
빵과 우유를 먹여주고 있었다.

보고도 몰라

할머니 어릴 적엔
안 봐도 다 알았대.

어느 집 굴뚝에서
연기 피어오르면

그 집 아궁이에선 장작불 피고
가마솥엔 밥이 끓고

아이들은 이불 걷고 둥글 밥상 펼쳐
식구 수만큼 숟가락 놓고 있겠지.

요즘은 모른다.
봐도 모른다.

학교에서 나눠준
무료 급식 카드

주머니 속에서 만지작거리며
고민하다 돌아서는 아이

아픈 엄마와 배고픈 동생
모른다, 우리는

더 귀한 것

밤새 편의점에서 일하고
학교에선 잠만 자는 미연이에게

새로 오신 담임 선생님은

그깟 일 하려고 귀한 시간을 낭비하니?
공부 열심히 해서 성공하면 그 돈보다 훨씬 많이 벌 텐
데
겨우 그거 한다고 학교에서 잠만 자니?
하시지 않았다.

많이 힘들지 않았니?
손님들이 괴롭히지는 않았니?
밤새 일하고 아침밥은 먹고 왔니?
했을 뿐이다.

자는 척하는
미연이의 어깨가
자꾸 들썩거렸다.

공부보다
돈보다
말이 가장 귀했다.

함께

엄마와 내가
같은 시간을
아팠던 적이 있습니다.

세상 밖으로 나오기 위해
세상 밖으로 내보내기 위해

세상 밖으로 나온 나의 아픔은 끝났지만
엄마의 아픔은 아직입니다.

비싼 잠바 사달라고 조를 때
엄마는 아팠고
친구와 싸우다 끌려간 경찰서에서
엄마는 아팠습니다.

내가 오토바이를 타고 바람을 가르며 신나게 달릴 때도
엄마는 아팠습니다.

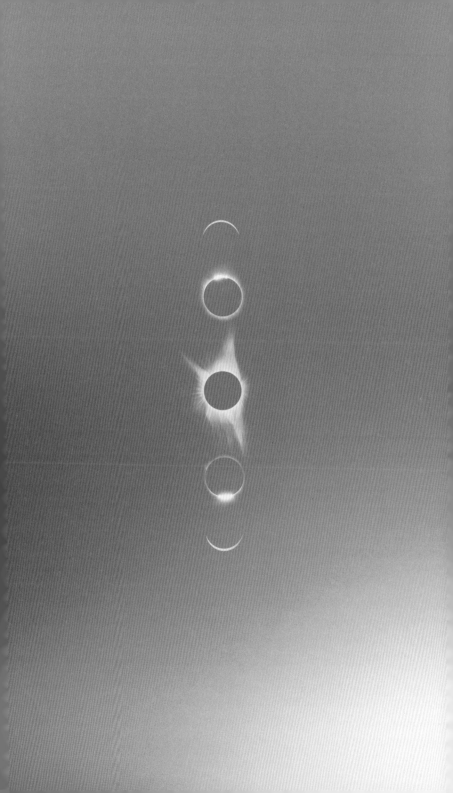

사소 些少

작을 사, 작을 소

작고 작은 일

그 사소가 모여

배가 기울고

아이들이 물속에 잠겼다.

왕의 자격

숲속 나라 새들이 왕을 새로 뽑기로 했어요.

공작새가 먼저 나섰어요.

내가 왕이 되어야 해
내 아름다운 깃털을 봐
왕이 될 사람은 나만큼 아름다워야 해

공작새야

다른 동물들이 우리 새들을 괴롭힐 때 너는 우리를 지키기 위해 무엇을 할 수 있니?

물아일체

옛 선비들에게는 미덕이었다면서

갈매기가 나를 따르는지
내가 갈매기를 따르는지 모를 만큼
자연과 한 몸 된 상태가 미덕이었다면서
물질과 정신세계가 하나 된 물아일체의 상태가
최고의 기쁨이었다면서

그래서 우리도 그러는 건데
스마트폰과 한 몸 된 건데
최고의 기쁨을 누리는 중인데

제 6부 칭찬은 정태를 춤추게 한다

혼자 빨리

혼자 빨리 일어나
혼자 빨리 씻고
혼자 빨리 먹었다.

혼자 빨리 도착했고
혼자 빨리 공부했고
혼자 빨리 합격했다.

기쁜 소식을 빨리 알리고 싶었는데
친구가 하나도 없었다.

형설지공 螢雪之功

옛 중국 동진 시대에 차윤이라는 아이는
집이 가난해 등불 살 돈이 없어
반딧불이 수십 마리를 등불삼아 책을 읽었다는데
듣는 사람 모두다 그 아이 칭찬을 아끼지 않았다는데

우리 엄마는 왜 자꾸 혼내시는 걸까?
등불이 없는 우리 집에서
반딧불이를 등불 삼아 책을 읽고 싶어도
반딧불이가 요즘 어디 있나?

그래서 할 수 없이
어두운 방을 밝히기 위해
스마트폰을 밤새 켜고 있는 건데
그 큰 뜻도 모르면서
자꾸 혼만 내신다.

우공이산 愚公移山

중국의 한 마을에 살던 어리석은 노인이 산을 옮기고자
하였다.
집 앞에 있는 두 개의 산 때문에 통행이 불편하였으므로

산은 평생을 옮겨도 옮겨지지 않았다.
다행이었다.

어리석은 노인이 못 옮긴 산을 건설회사 사장이 옮기고
자 하였다.
산을 옮기고 그 땅에 아파트를 지으면 큰 돈을 벌 수 있
었으므로

대형 중장비를 동원하여 산을 허물고 강을 메워
마침내 아파트를 건설하였다.
불행이었다.

귀

옛

우리 조상님들은

식물도 귀가 있다 믿었다.

곡우엔 정미소 문을 닫았다.

쌀눈이 깨지는 소리를

볍씨들이 듣지 않도록

지금 아니면

우리나라에서 제일 좋은 대학을 졸업하고
우리나라에서 제일 큰 회사에 다니던 삼촌이
갑자기 직장을 그만 두고 만화를 그리겠다 했다.

아버지는 삼촌을 큰 소리로 혼내셨고
할머니는 어려서도 안 하던 짓을 다 커서 왜 하냐며
우셨다.

아버지를 화나게 하고
할머니를 울리는
삼촌이 미웠다.

고개를 푹 숙이고
죄송해요만 반복하던 삼촌이
밖으로 나와 혼자 말했다.

지금이 아니면

영영

못 할 것 같아요.

억울해서

콤푸타펜 하나 주소

컴퓨터용 싸인펜요?
손주가 사 오라고 했나보네요.

아니니더.
내끼니더.

전쟁 치르고
시부모 병수발하고
남편 비위 맞추고
자식들 키운 게 내 인생 전분데

억울해서 죽을 수가 있어야제.
그때부터 공부하기 시작한 게 초등학교 중학교 졸업하
고
내일은 고등학교 검정고시 치러 가니더.

할머니, 잘하셨어요, 장하세요.

이 싸인펜은 제가 선물해드릴게요.

이 펜으로 답 잘 적고 꼭 합격하세요.

대학교 시험 치러 가실 때 또 오세요.

문방구에서 펜을 고르다가 본 장면이

오래오래 가슴에 남았다.

심장이 있는 자리

태어날 때부터 작고 가벼웠다.

아이는 걷지 못했고
아이의 아버지는 술을 좋아했고
아이의 어머니는 집을 나갔다.

폐지를 줍는 할머니는
아이의 다리가 되었다.

선생님,
할머니 때문에 여기가 자꾸 아파요.

어디?
다리가 아프니?

아니요,
여기요

아이는 왼쪽 가슴을 가리켰다.

심장이 있는 자리였다.

엄마 역할

어떤 유명한 사람이 그랬다는데
인생은 한바탕 연극이라는데

깡패 역할이었던 어떤 배우는
이번엔 왕이 되었던데

나는 맨날 문제아 역할이다.

이 문제아
아무데도 쓸모없는 녀석

그런 말만 듣고 자라 내 역할이 그것뿐인 줄 알았는데
역할을 바꿀 수 있다는 걸 알았다.

내 역할이 바뀌면

교무실에서
경찰서에서

죄송합니다.
잘 가르치겠습니다.

고개 숙이는 역할만 하던
우리 엄마의 역할도
바뀐다는 걸 알았다.

실패는 아니에요

엄마와 아빠가 이혼하셨다.

할아버지 반대도
지독한 가난도
보란 듯이 이겨내고
아끼고 사랑했던 부모님이

작은 일에
탓하고
원망하고
미루고 따지더니
헤어지셨다.

원망하고 미워할 땐
내가 안 보이더니
헤어지고 나서야
미안하다 하셨다.

결혼엔 실패했지만

인생은 실패하지 않기를

진심으로 빌어드렸다.

칭찬은 정태를 춤추게 한다

새 학년 새 교실
들뜬 마음이 가라앉기도 전에
전교에서 가장 말썽꾸러기 오정태를
우리 반에서 만나고야 말았다.

틀렸어.
올 한해 즐거운 학교생활이 되기는 다 틀렸어.

문을 열고 들어오시는 새 담임 선생님
전교에서 제일 착한 국어 선생님

다 틀렸어.
오정태를 혼내지 못 하실 거야.

야, 너 진짜 잘생겼구나. 그런 말 많이 듣지?

아, 아닌데요.

어, 이상하다. 친구들이 너 모르는 거 아니야?

아, 진짜 아닌데요.

그럴 리가 없는데. 너처럼 멋진 애를 왜 친구들이 모르지?

오정태 눈에서 햇살이 쏟아졌다.

배려

국수를 먹다가
국수 가락보다 긴 머리카락 한 올
젓가락에 걸려왔다.

긴 머리 찰랑찰랑
피곤에 지친 아르바이트 누나 볼까봐
밥그릇 아래로 얼른 감추었다.

계산하려는데 아주머니가 말했다.

아까 다 봤어요.
너그러운 배려 고맙습니다.
더 정성껏 맛있는 음식 만들게요.

미루는 습관

일주일이나 남았는데
사흘이나 남았는데 하다가
하루 전날에서야 벼락이 친다.

벼락치기로 시험공부를 하고
벼락치기로 숙제를 한다.

아버지의 어깨를 주물러 드릴 수 있는 날이
50년이나 남았는데
하다가

아버지가 아프다
또 벼락치기다.

꽃 주정

영감!
제발 술주정 좀 그만 하소.
했던 소리 또 하고
했던 소리 또 하고
지겨워 죽겠네.

흥,
자네야말로
옷 주정 좀 그만하지
옷장에 옷이 그렇게 많아도
옷 없다 옷 없다 그만 좀 하지.

그러던 할머니 할아버지가
오늘은 한 마음으로
꽃 주정이다.

하이고메! 이 꽃 좀 보게.
아직 쌀쌀한데
외투도 안 입고 벌써 나왔네.

그러게.
뭔 좋은 일을 했다고
살아서 또 꽃을 보나

봄날의 꽃 주정
참 듣기 좋다.

속수무책 束手無策

책 속에 길이 있다.
말 안 해도 알아요.
저는 날마다 책을 읽고 있답니다.

읽다 뿐인가요?
저는 날마다 읽은 책을 실천하며 살고 있답니다.

속 수 무 책

내일 체육 시간에 이어달리기도
속 수 무 책

곧 있을 중간고사 시험도
속 수 무 책

엄마께 성적표를 보여드릴 때도
속 수 무 책

보름달편지

2018년 12월 6일 초판1쇄 발행

지 은 이	백민주
이 미 지	김경자
펴 낸 이	김성민
편집디자인	김경자
펴 낸 곳	도서출판 브로콜리숲
출판등록	제2018-000025호
주소	42019 대구광역시 수성구 달구벌대로 지하2410
	범어아트스트리트 스튜디오6
전화	010-2505-6996
팩스	053-581-6997
홈페이지	www.broccoliwood.com
페이스북	broccoliwood
전자우편	gwangin@hanmail.net

ⓒ백민주 2018
ISBN 979-11-961217-9-2 43810